詩集

果てしない青のために

青山勇樹

目次

果てしない青のために

I

真夜中の観覧車

「またね」とあなたは微笑んだ
「そうね」と私は手を振った
「また」とはいつなのか
なにが「そう」なのか
ことばの意味すら考えないままに

気がつけば
遊園地には誰もいない
吐息のような夜風を見送ってから
小さくひとつ瞬きをして
ひっそりと眠りにつくメリーゴーランド

真夜中の観覧車から遠くに光る海が見える
いつだったか遥かな昔
あのうねりのひとしずくだった記憶がある
そこではすべてが深く繋がっていて
あなたは私であり私はまた誰かでもあり

やがてはいつか出ていくにしても
それまでは潮の満ち干に鼓動を重ねて
ここにあるいまだけを抱きしめる
あなたの耳にも届いているだろうか
ゴンドラのなかにまで満ちてくる星々の声

誰かに呼ばれたような気がする
あなたの名前も呼んでみようか
もしかしたら私の名前かもしれないけれど
あらゆるものがふりむいて
いっせいに呼びはじめるかもしれないけれど

六月の鯨

真夜中の電話ボックスに閉じこもって
六月の鯨は華やかな夢をみている
外れた受話器からこぼれる発信音を枕に
ガラスの向こうに敷きつめられた紫陽花と
どうにかしておしゃべりできないかと

降りつづく雨が海との境界線を消していく
世界はすでに水底に沈んでしまったかしら
ガラスの壁は外と内とを重ねて映しながら
それでも密閉された空間で激しい水圧に耐え
空から洗い流された薄い月を貼りつけている

「もしもし」ふいに受話器が話しはじめる
白く濁った気泡がすこしばかり湧いただけなのに
呼びかけられた気がしたのかもしれない
それともたしかに聞こえたのだろうか
あまりにも鋭い聴細胞は錯覚すらも許さない

鯨のいない海の果てには
幾重にも折りたたまれた宇宙があって
ぬくもりや重さや遠ささえもが重なりあい
あてどなく繰り返される終わりと始まりとが
激しい風のなかで明滅しているにちがいない

六月の鯨はほんのりと頬を染めたまま
いつまでも夢から覚める気配がない
雨と海との溶けあったひとしずくが
目頭から静かにこぼれ落ちたあと
やがて紫陽花の色の潮を吹こうとしている

午後　坂のある街

おびただしい指先がひしめく街で
いつも私は迷子になる
どの角を曲がってみても
石畳の坂は空の青に繋がっていて
陽ざかりの眩しさばかりが気になる

嵌め殺した窓から
ぬるりと溶けた黒い硝子が滴ってくる
どこまで行ってもあなたを見つけられない
ふいに遠くで高らかに鐘が鳴る
いつまでも響きわたり街のなかを縫いすすむ

あなたの鼓動も汗の匂いもくちづけも
シャツの色さえ覚えているのに
それなのにあなたの顔が思い出せない
眼差しは私を見つめてくれるけれど
首も肩も腕も胸もはっきり覚えているけれど

あなたとはほんとうは誰だったのかしら
降りしきる午後の花びらに縁どられて
記憶が時間から引き剝がされる
濃さを増していくものたちの影にかくれて
置き去られた体温が揺れている

一陣の熱い風が風景をめくる
あらゆるものが動きを止める
それにしても空の青が眩しくてしようがない
気がつけばいつか私も石畳の一枚として
やがて訪れる誰かの足跡を待ちわびている

破鏡

昇ったばかりの下弦の月を盗んで
スーツケースに閉じ込めたら
砂浜につづく坂道を急いで降りる
海へとわたる風にせきたてられながら
ひりりとするかすかな傷を額に刻みながら

潮の満ち干が月のかなしみのせいならば
水底に深く沈めてやればいい
光も音もいらなくなった水圧だけの世界で
四十五億年前の凍えた夢を抱きしめたまま
すでに昨日までの月がひっそり揺れている

二十三個目の月を沈めたあとで
潮風に染みる私の額の奥に
もうひとつ古い傷があったことに驚く
綻びかけた縫い目の奥に果てない空洞が広がり
ただ漆黒の炎だけがうずうずと燃えている

覚えていなければきっとかなしみも生まれない
失ったことに気づいて初めて
せつない願いがあふれるのだろう
もしも思い出すことがないとしたら
忘れていることすらわからないように

月はいつも生まれた地球に帰りたがるけれど
顔を隠したまま回ることしかできない
振り仰いだ銀河の横で星座が配列を変え
宇宙の果てで終わりが始まりと結ばれると
明日の月がゆっくり目覚める気配がする

アルバム

ひろげられたページの余白から
忘れていた記憶が鮮やかによみがえる
灼けつく鉄棒と舞いあがるグラウンドの砂
体育館の屋根に照り返す眩しすぎる銀色
缶を切ったばかりのテニスボールの匂い

ふいに遠くで歓声が湧く
すべてはありふれた風景なのに
どうしてこれほどまでに泣けるのだろう
もしも幾つかのかなしみがあるのならば
残らず集めて小さな優しさにしよう

そこではいつも新しい風が吹いていた
どこからどこへなどというあてもなく
ただ吹くためだけに空をわたるように
答えることができない問いならば
問いそのものに成り代わろうとするように

どんなよろこびにもかすかな痛みが溶けている
置き去られた傷はひそやかに縫われていく
人知れず痛みが癒えることもある
傷痕の奥にはおそらく深く澄んだ海があって
だからときおり涙となってあふれてくる

そっと裏表紙を閉じてみる
積み重ねられたたくさんの奇跡が
明日に繋がる一瞬をたしかに刻みはじめる
かなしみもよろこびもすべてはまだ
いまは名づけられない思いのかたちで

余熱

すべてはいつも尽きることなく広がっていて
立ちどまるとやっと世界は私のことを思い出す
涙のあと初めてかなしみに気づくこともあるように
あらゆるものはすっかり用意されていて
あらかじめ失われていた意味があとから見つけられる

一切は余熱でできているのかもしれない
眼も耳も塞ぎことばさえも閉じ込めていると
なにもかも境界線が曖昧になる
光も音も行き場をなくしてうずくまり
波動がゆるやかに弧を描いて溶けていく

うすあおくともるベールに気づいたことがあるだろうか
指先で触れるとほのかに伝わってくる気配がある
雲に森に舗道に駅にあるいは公園のベンチに
雑踏に散らされる足跡のうえにさえ淡く
かすかなルミネセンスにも似た被膜のような

広がっていくわずかばかりの熱を分かちあいながら
ほんとうはいずれのいのちも繋がっているのではないかしら
世界についてあれやこれと名づけはじめると
やがてほんの少し私として目覚める
果てのない夢から束の間だけ抜けだすように

せつないほど懐かしい輝きを見つけることがある
おそらくいつだったかその星の誰かだったのだろう
すべてと繋がる夢へと再び還っていったあとは
時間と空間とが揺らいでめまぐるしく入れ替わり
どんな光よりも遠く二十八ギガパーセクに遍在する

Écritureの残響

高らかに鳴るE#の連打で物語が終わりを告げ
あとには澄んだ残響だけがひとしきりうずくまる
ことばから意味が剝がされていく夕暮れにひとひら
思いがけなく淡い雪が舞い降りるとき
こうしていまここにいるただそれだけのことなのに

どうしてわけもなく涙があふれてくるのかしら
ひとりにしておいてほしいと願いはしたものの
ほんとうは話がしたくてしようがない
もしも世界でたったひとりになってしまったなら
出会った人の名をいつまでも書き連ねることだろう

記憶も育ちつづけることがあるかもしれない
けれども時間の流れからこぼれ落ち
永遠のなかへと葬られて漂う写真のように
日々の断面は絶え間なく切り取られ
そのたびごとに名づけようのない感情が染めあげる

さようならさようならさようなら
いったいなにに別れを告げようとしているのだろう
別辞のほかにはただ沈黙ばかりが用意されていて
世界はすでに誰かが語り尽くしてしまっている
もはや書き加えることなどあるのだろうか

激しく吹雪く地球の夢をみた
遠からずこんな日が訪れるにちがいない
誰もいない惑星にあまねく雪だけが降り積もる
自らさえも覆いつくそうとするように
宇宙のなかでいつまでも白く輝きつづける

幸福な朝食　もしくは　Pandemic

降りしきる雨が遠くから順に色彩を消していく
崩れた波の奥から海鳴りが低く響きわたる
スクリーンはなにかの事件をおおげさに伝えるけれど
ノートは白いままで書くべきことなどとうにない
ダイニングでは少しだけトーストが焦げている

ゆがんだ怯えはみるみるうちに蔓延する
いたるところで曖昧な不安に感染している
誰もがひとつの内なる傾斜を抱いているので
転がりはじめた加速度を減らすことができない
厚切りベーコンのトーストには半熟卵が欲しい

遺伝子に刻まれた恐れはいつも過敏に反応する
それでいて痛みはときに傷より遅れることもある
拡張された自我は等比級数的に増殖しながら
見知らぬ者どうしでも距離を超えて繋がりあう
仔羊のタジンにはどんなスパイスがあうかしら

すでに誰もが罹患しているのかもしれない
蝕まれていることにすら気づいていないのだろう
放置された病原体は名づけられない変異を遂げ
細胞のひとつひとつにまでひそやかに浸透する
ミルクを注いだグラスがうっすら水滴に覆われている

サラダに添えられたミニトマトの赤が
あまりにも鮮やかすぎて目を奪われたあと
コーヒーのおかわりをもう一口だけ飲んでみる
幸福な食卓にはいつも食べきれないほどいのちが並ぶ
雨は降りつづくばかりで海鳴りのほかは聞こえない

なんでもない

なんでもないと答えてしまうことがあるけれど
なんでもないものなど世界にありはしないだろう
それでもほんとうになんでもないというならば
なにものでもない比べられないものではないか
きっと置き換えられないたったひとつにちがいない

なんでもないありふれたことかもしれないけれど
どんなかなしみも代わりに泣いてあげられないし
よろこびを贈ることや譲りわたすことなどできない
怒りについてはとうてい理解されようはずもなく
妬みは埋もれてひそかに燃え残るばかりだろう

なんでもないどこにでもあるありきたりの日常が
たまらなく愛おしいと思えてならないこともある
あなたと手を繋いでただ歩いているだけなのに
あなたの好きな音楽をただ聞いているだけなのに
こうして穏やかな風にただ吹かれているだけなのに

なんでもないわずかひとつの細胞として生まれ
あてどない分裂を繰り返しながらいまここにいる
からだの奥にせつない懐かしさが揺れているのは
ミトコンドリア・イブの記憶なのかもしれない
それともとるにたらない思い過ごしなのだろうか

なんでもないような一日を終えた帰り道
振り仰いだ空に思いがけずたくさんの星を見つける
おそらく私たちがただわからないでいるだけで
宇宙はいのちで満ちあふれていることだろう
どれもがみなひとつきりかけがえのないあり方で

Ⅱ

避暑地だより

雨に打たれた石畳の落ち葉を踏みながら
焼きたてのバタールを買いにいく日曜日の朝
デザートのアイスクリームを思い浮かべる
銀のスプーンが削るバニラビーンズの香りと
ファウンテンウェアに触れる華やかな冷たさ

避暑地では季節の終わりの雨が風景を変える
誰もいないテニスコートで歓声だけがこだまする
置き去りのラケットが雨脚に塗りつぶされていく
教会の裏庭を越えて通りへと抜けようとすると
どこからか白鍵ばかりをたたくピアノが聞こえる

もしかして樹々が撥ねる雨粒だったかもしれない
たしかめるより早く幾つも音が溶けあってしまう
かたちも色も音もないまぜに移ろったあと
いつものことだけれど私だけが取り残される
雨があがると見知らぬ場所にいるようでならない

記憶はよみがえるたびに作り替えられるらしい
さりげない転調を繰り返す変奏曲のように
ずぶ濡れのシナプスがめまぐるしく発光する
ナノメートルのなかにすべてが去来するならきっと
どんな過去も未来さえもすべてがいまここにある

焼きあがったばかりのパンが果実のように香る
これほど優しくしたくてたまらないのはなぜだろう
私も誰かの雨が消していく風景なのかもしれない
あなたがまだ眠りから覚めないうちに今朝は
そうだブリオッシュと苺ジャムも買って帰ろう

墓碑銘

そこに行けばいつも心地よい風が吹いていた
穏やかな風がどんなときもたしかに吹いていた
なだらかな坂を登って海沿いの小さな丘に出る
海岸線に立ち並ぶプロペラはゆっくり回りつづけ
砂浜の足跡は尽きることなく行方をたどれない

眼を閉じているとやがて額に降りてくる
かすかに前髪をなでる吐息にも似た気配がある
いなくなってから過ごした歳月のほうがもう
あなたの年齢をすっかり超えてしまったけれど
ここではきまってすべてがやわらかく包まれる

海へ伸ばした指先で何度も繰り返しながら
空に刻まれたあなたの名前をなぞってみる
待ちかねたように優しい光が幾つもこだまする
吹いてくる吹いてくるまた風が吹いてくる
吹いてくるあなたがくるまたあなたがきてくれる

せつなさがあふれてどうにも止められないときは
誘われるまま透きとおる青になって海をわたる
おそらくいのちはいくたびも姿を変えるだろう
いつかあなたとひとつになるからきっとなるから
大きな願いそのものに成り代わろうとするように

どこから来てどこへ行くのかと問いかけてみる
それともほんとうはどこなどありもしないだろうか
揺らぐいのちについて思いを巡らせてはみるけれど
眩しいほどのさざ波は果てしもなく寄せつづけ
そうして海沿いの丘では今日も風が吹いている

華やかな逡巡

驚いたような時雨が一瞬にして駆け抜けたあと
なだらかに延びる坂道を夕陽のなかへ降りていく
金色に染められた雫が枝先からこぼれ落ちてくる
たくさんのさようならが逆光を受けて眩しい影となる
行き着く場所があるからこそ急ぎ足にもなるのだろう

やがて行方不明になるのであれば足跡ばかり気になる
人知れずゆっくり迷子になっていこうとしても
一日の終わりがあまりにきらやかでとまどってしまう
たくさんの音楽やおしゃべりで飾りたてていれば
にぎやかな明日がやってくるとでもいうように

繋がっているというのはただの錯覚なのかもしれない
こんなにもたくさんの誰かがいつも見ていても
ほんとうのところには気づかないのではないかしら
ときとして光や音の過剰が息苦しいならいっそ
黙ったまますべてのなかに浸透できればいいのに

音もたてずに降りしきり積もっていく雪のように
あらゆるものを等しく覆ってひそやかに染みわたり
遍在したいと願うのはあまりにも不遜だろうか
時間も距離もいらなくなっていのちさえゆらめく
そんなあこがれにも似た夢について話してみようか

我にかえると坂道の途中で水たまりを踏んでいる
表通りからはクリスマス・キャロルが聞こえてくる
真夜中を過ぎたらこの冬はじめての雪になるといい
ふいにやわらかな胸のぬくもりがよみがえるけれど
あなたにどんなプレゼントがいいか考えあぐねている

ピアノ・レッスン

あたたかな木洩れ陽が右頰をなめらかに降りていく
誰もいなくなった昼さがりの公園のベンチに腰かけて
かなしげなワルツを弾く長い指を思い浮かべる
黒鍵をかすめた小指の爪がわずかに旋律をひずませたとき
気づかないふりをしたあなたの端整な横顔とともに

遠くに不協和のアルペジオが聞こえた気がした
記憶はいつも時間の流れから切り離されてしまう
だからか思い出はこころなし褪せているのだろう
剝ぎ取られた断片は新しい世界を育てはじめるけれど
果てない喪失のなかでは単なるフィクションにすぎない

忘れることがどれほどの罪であったとしても
忘れられないことはなぜかしらすこしだけ恥ずかしい
ゆるやかに移ろう記憶のなかであなたがいかに美しく
ひんやりした鍵盤に触れる指先がどれほど眩しかろうと
ほんとうは忘れてしまうことが怖いだけかもしれない

防音のレッスン室ではことばは圧縮されて横たわる
指先だけは饒舌に和音のかたちで時間を切り取っていく
十二平均律のうなりがやわらかく反響するなかで
艶やかに磨かれた黒いカーブに見つめられながら
あの日の旋律は未完のまま四小節をリピートしている

どんな音楽が聴きたかったかは忘れてしまった
けれどいつまでも繰り返され終わらない旋律がある
どこにいてもよみがえる行方知れずの旋律がある
あなたの指からあふれていた愛について覚えていたい
だからもうこれ以上きっとピアノは弾けない

遺丘

世界じゅうが夕暮れに傾いて尽き果てようとする頃
びしょ濡れのためいきがひとつ置き去りにされている
うすあおいジェルのかたちで川沿いの道にうずくまる
指先で触れてみるとぼんやりしたぬくもりが伝わってくる
どうやらわずかに残ったいのちが呼吸をしているらしい

ひょっとしたら燃えあがる世界の残り火だろうか
細胞分裂を終えた核では染色体がひときわあかるく点灯する
けれどすぐに消え去ってしまい透きとおった眠りが訪れる
もうここには誰もいないもちろんあなたもとうにいない
ひとりになると耳鳴りのような静寂ばかりが聞こえる

ためいきの死が星の見えない夜を連れてくるけれど
ほんとうは私もすでに死んでしまっているのではないか
だから光も音も澄みわたりすべてがこれほどまでに美しい
数えきれない生と死がめまぐるしい明滅を繰り返す
やがては眼も耳もいらなくなってこころさえもが揮発する

それでも生きているというのならどうか殺しにきておくれ
明日の天気を占うようにどうか殺しにきておくれ
そうは言っても誰かが来てくれるわけなどなく
みんな自分のいのちを使いきることで忙しいらしい
使ってしまえば引き替えになにかがどこかがあるのだろうか

ずっと遠くの丘でちろちろと氷が燃えている気がする
あたりいちめん灰のような雪が降りしきり積もりはじめる
雨季が終わりいつのまにか氷河期が来ていたかもしれない
いっそこのまま永遠に閉じ込められてしまうのなら
おそらくはもう二度と夜が明けることなどないだろう

ありふれた朝

芝生にうずくまってみると閉じている瞼が妙にあかるい
穏やかな陽ざしを浴びてこのまま溶けていけたらいいのに
光の束に貫かれてしまったら細胞が粒子になって浮遊する
くるくると虹を描きながら眩しいほどの水滴が舞いあがる
こうやってときどき誰かが行方不明になるにちがいない

この世界はどんなふうに終わりを迎えていくのだろうか
おやすみと言いながら枕元の灯りを消すときのように
いつのまにか治っている薬指の小さな擦り傷のように
そっと息を吹きかけるように世界は終わっていくのだろう
あたりまえで気づかずにいることをきっと日常と呼ぶ

ひょっとしたら世界はとうに失われているのではないか
知らないうちに誰もが幻になってしまったにもかかわらず
変哲もない日常のつづきを夢にみているだけかもしれない
重さや遠さや広がりのすべてがたとえ幻であるとしても
抱きとめたあなたのぬくもりをどうして嘘と呼べるだろう

なにも持たずに生まれてきたなら裸のまま死ねるはずなのに
華やかな日々を忘れたくなくておしゃべりがやめられない
むしろあでやかな色彩とにぎやかな音楽で埋め尽くし
忘れることすら忘れていられるほどせわしないので
黙って立ちどまっていると迷子になってしまうのかしら

ポストから新聞を取り出すと日曜日の遅い朝が始まる
ハノンの指練習を繰り返し弾くピアノが遠くに聞こえる
ダイニングルームにトーストとコーヒーの香りが満ちる
起こしにいこうとすると扉のすきまからあなたが見える
枕から滑り落ちた長い髪がゆっくりと寝返りをうっている

迷子

道順を間違えたついでにとりあえず迷子になってみると
思いがけずもといた場所に帰ってきていることがある
いくたび繰り返しても迷子になって戻ってしまうなら
いっそ息を詰めたまま急な坂道を全力で駆けあがる
鼓動とともに振り仰いだら空の青にいきなり吸い込まれる

丘のうえではいまもあなたが待っているような気がした
枝もあらわにただ一本のみ立ち尽くす真冬の桜は
降りしきる花びらがすべてを埋め尽くす夢をみている
しっとり広がる根に包まれてあなたがみている夢なのだろう
家にも道にも街にも橋にもゆらゆら降りしきり埋め尽くす

それにしてもあまりに眩しすぎて眼を開けてはいられない
鮮やかな青はどうしてこれほどまでに優しいのだろう
瞼を閉じているとからだの奥で揺れるさみしさに気づく
ゆるやかに身を任せるとあふれてくる眠りに包まれる
こんなに穏やかなのは再び目覚めなくていいからだろうか

もしも目覚めなくていいのならあなたと一緒に眠りたい
できるなら空の青に見守られ桜樹のもとで眠りつづけたい
どこかに帰る必要もなくどこかへ行きたいわけでもない
むしろどこかへ行こうとしてもきまって迷子になるのは
いつまでもこのままここにいたいからにほかならない

うずくまって幹を抱きしめるとあなたの匂いがよみがえる
耳をあてれば梢をわたる風がかすかに聞こえてくる
清らかに微笑んだ美しい骨が擦れる音なのかもしれない
途切れることなく響く乾いた旋律をみちづれにして
眩しい青にあこがれるようにあなたの夢が縫いすすむ

（明日）の地図

からだの深みで絶え間なく揺れる半透明のかなしみだけが
時間や距離から自由になってあらゆるいのちと交歓できる
いつか誰かが私だったように私もいずれは誰かになるのか
そんなあてどない妄想が名残の月のように掛かってはいるが
目覚めるとひとり薄明にいてやがてありふれた朝が来る

スクランブル交差点でＯＮとＯＦＦとが切り替わるように
夜の匂いをシャワーで洗い落とそうとしてはみるけれど
からだのあちらこちらが壊れかけた信号のように瞬いて
代わる代わる透けてしまうのでうまく浴びることができない
そのうちあたりまえのようにラッシュアワーが始まる

あまりにも精緻な地図のなかで行方不明になってみる
たとえそのまま消えたとしても気づかれないにちがいない
千年まえと同じ陽を浴びながら今日の風が吹き抜ける
ざわざわしているのはかつてここにいた人たちの声だろう
水と水とが呼びあうようにかなしみが声に引き寄せられる

ひょっとしたらほんとうはもう誰もいないのかもしれない
駅のホームで唐突にシャットダウンが起きて再起動できない
靴紐を締めなおそうとかがんだままいきなり氷結してしまう
ナビゲーション画面がホワイトアウトしてなにも映らない
やはりもう誰もいないそれどころかすでに街も樹も山も海も

どうしていままで気づくことすらなかったのだろう
まさにこんな綺麗な氷の彫像になりたかったということに
うつむくのではなく願わくは空を仰いでいたかったけれど
純白の砂嵐だけが美しく吹き荒れる惑星でひとり陽を浴び
おびただしいいのちの声に透きとおったからだを共鳴させる

砂漠に降る雪

あらゆるものから吹きちぎられたおびただしい影の群れが
けものたちの咆哮のなかを夕暮れに飛びかかるけれど
渦を巻くようにどれもがたちまち吸い込まれてしまう
あるいは一日の終わりにこころともなくついた息のすきまに
はぐれたような小さな影がときおり秘めやかに揺れる

よろこびにひっそりとかなしみが紛れることもあるように
どこかで誰かの願いが叶えられようとするときでさえ
いつのまにかひとつの絶望が息をひそめていることがある
微笑みのなかに溶け込むわずかばかりの背徳があるならば
あこがれと妬みが交錯する眼差しの奥には淡い諦念がないか

月夜に浮かぶ尖塔の白壁に窓を見つけることができない
閉じ込められたままの祈りは冷たい炎のかたちをしている
あふれるほどの美しい涙を流したいとどれほど願っただろう
歩いても歩いても二千年経ってもいまだにたどりつかない
盲いた風が吹きわたり見覚えのない砂紋の地図だけが広がる

ねえいつかこの砂嵐が止んで雪に変わることなどあるかしら
余すところなく埋め尽くし光や音さえ閉じ込めたあと
自らさえも打ち消してしまうほど降りしきればいいのに
時間も距離もなにもかもがたったひとつに収斂していき
新しい宇宙がもう一度はじめから繰り返されればいいのに

いきなり砂嵐が消えスクランブル交差点に青がいっせいにともる
エナメルのコートからはショーウィンドウのライトが滑る
大声で呼ばれた気がしたのに振り返っても誰ひとり知らない
真冬の夜の始まりはにぎやかな色彩と華々しい音楽が告げる
饒舌なたくさんの嘘をたしかめでもするように裏返しながら

Ⅲ

真夏の熱帯魚

真夏の銀河を掃きながら大きな熱帯魚が悠然とわたる
灯りのともりはじめた街じゅうの屋根を左眼に映し
ときおり吸い込むように星のかすかな光を食べては
そっとえらを開いてこころもち震えながら吐息を洩らす
遠くのほうでは音もなく低い空に花火があがっている

たとえ訊ねてみたとしてもどこへ行くかはわからない
二億光年ほど遠く青い壁で生まれたようにも思うけれど
静かな広がりのなかに見覚えのある星の並びなどなく
いつだったか気づいたときにはすでに夜空を泳いでいて
頬をかすめて星が流れ月はゆっくり満ち欠けを繰り返す

もしも目覚めることで忘れてしまうことがあるのならば
いつまでも眠ったままでいたいと願うのは不遜だろうか
夢が夢とわかる一瞬を過ぎればあとは消えうせてしまう
着られなくなったセーターの幼いぬくもりのように
指先の傷の冷たい痛みもやがてそのうち麻痺するように

いのちはいくたびも繰り返されていずれひとつに繋がる
ひとつひとつの細胞がほろほろと崩れ溶けて混ざりあい
かつての腕や脚はひれとなりいつかきっと翼にもなる
けれどいつも誰もいない誰にも会わないのはなぜだろう
ひょっとしたら初めからすべては私なのかもしれない

めまぐるしい星の生き死にも低い空では花火に見える
背中も尾も腹さえもこんなに長く伸ばしているのに
たえまなく降り注ぐ素粒子にからだじゅうを貫かれてしまう
大きな熱帯魚がたったひとつ真夏の夜空をわたる
どこからそしてどこへとも答えられない問いのかたちで

寒満月

伸ばした腕の先にシグナルの赤をゆっくりと明滅させ
高層ビルの屋上に取り残されたクレーンが揺れている
雑踏を縫うようにクリスマス・キャロルが追い越し
イルミネーション越しに凍てついた満月が昇ったら
吹き降ろす風に舞う雪を合図に冬の夜が始まる

「それから」と投げ出されたまま閉じる物語のように
穏やかな光に貫かれて終わりを迎えられたらいいのに
花なのか恋なのかまたいのちそのものの終わりなのか
少しだけ首を傾けて微笑んだ口許だけは覚えている
それからあなたはどこへ行ってしまったのかしら

それからはきっと誰かがみている夢のつづきにちがいない
夢はいつも空の高みで果てしのない青にあこがれる
風に紛れたおびただしい声をもしも聞き分けられたら
空を埋めた夢が陽を浴びながら思い思いの矢印になり
からからからからと回りつづけているのに気づくだろう

湿った石畳にやわらかな靴音を響かせて白い列がすすむ
数えきれないキャンドルはひそかな息継ぎを繰り返し
炎のかたちをした眼差しは瞬きひとつもしない
明日になればきっと私もあんな色で燃えるだろうか
それともふいに吹き消され気化してしまうのだろうか

夜の向こうでそれからの夢も漆黒の眠りについている
鮮やかに彩られた人のかたちばかりが目覚めていて
あてどないおしゃべりと軽やかな舞踏を繰り広げる
いつのまにか行方不明になっても気づかれもしない
天空ではクレーンがこっそり冷たい月と握手している

なだらかな坂道

誰かに呼ばれたような気がして振り返ってみると
風が立ってあかるい昼下がりの坂道に花吹雪が舞う
たくさんのさようならが淡い紅に染まってこだまする
それきりあとはめまいのような静けさが置き去られる
仰いだ空ばかり広くてどこへ行けばいいかわからない

季節の花は時の流れにあこがれて咲きつづけたいと願うが
同じ色の風に誘われるたび倦むことなく生まれ変わる
誰かのためにでもなにかのためにでもなくひたすら
ただ咲くためにだけ開く花びらにならうみたいに
空へとつづくなだらかな道を登っていけたらいいのに

自分の影を踏まずに歩くことができないように
どんな別れも告げないまま生きることなどできない
それでも願わくはどれほどの美しいさようならより
わずかばかりぎこちなくともありがとうを重ねたい
出会いのすべてをひとつずつ丁寧に折りたたみながら

気づいたときにはすでにたどりついているにちがいない
登りつめた道の果てには冴えかえった青だけがあって
きっと髪のひとすじまで染まることができるだろう
ことばでもなく歌でもなくまして願いや祈りでもなく
かすかに漂う気配となって銀河にあまねく吹きわたる

ひとしきり高らかに鐘が鳴り街じゅうに響きはじめる
遥か遠く眩しく光る海にはたぶんもう誰もいない
いつか坂道からも人が消え陽ざしばかりが残るだろう
幾億もの昼と夜とを繰り返しやがていのちは収斂し
名づけられないほど鮮やかな青となって散るだろう

翼

一日の終わりになぜか長い夢をみていたと思うのは
あまりにも美しい夕暮れのせいではないだろうか
あらゆるものの影が濃く長く胸の奥にまで伸びてきて
鮮やかな色彩を残したまま日付とともに刻印され
やがて引き潮のように時間の深みへと消えうせていく

もしも繰り返される夜と昼とがひとつづきであるならば
あてどない生と死の明滅もひとつの現象なのだろう
死んでいくいのちと生まれくるいのちとのあいだで
かすかな痺れのような声が交わされることがある
ささやくようにつぶやくようにときにくちずさむように

風に吹かれるおびただしい果実が陽に映えて眩しい
爪痕のかたちをしながら上弦の月が滑り落ちていく
こうして立ち尽くしたままどうすればいいのだろう
さようならを告げるように手を振ればいいのだろうか
再び夢をみるために眠りにつけばいいのだろうか

ずっと遠くのほうで誰かが呼んでいるようにも思う
それとも胸の鼓動がこだまして響いているだけかしら
ほんとうははじめからすべてすっかり用意されていて
気づけばいつからか問いのかたちでここにいたように
ふいにどこかで大きな謎になってしまうかもしれない

めまいに似た夕暮れが去りやがて季節の星座が並ぶと
いつしか一羽の鳥となって天空の銀河へと翔けのぼる
風切はうなりをあげ嘴からは凍った炎が燃えさかる
もうすでに二千年ほど飛びつづけてきただろうか
飛ぶことただそれだけが祈りであるとでもいうように

遠い祭

水たまりに落ちていた誰かの眼差しを拾いあげる
見つめる先にはとめどない雨ばかりがつづいていて
いつかの涙が透きとおった結晶となってこぼれてくる
物語はいつも降りしきる雨で幕があがるけれどやがて
土砂降りを駆け抜けた向こう側で遠い祭が始まる

髪も顔も胸も腰もからだのすべてを白く塗りつぶし
幾重にもなって篝火のまわりをただひたすらに歩く
瞳までもが白いのはいったいなにを見たからなのか
歌も祈りもなくことばさえなく炎も黙って燃えさかる
遠浅の海は凪いだまま飽きずに濁った空を映している

頬を伝うぬくもりは遥かな水の記憶に繋がる
わずかばかり猫背になりながら腕と脚とを抱いたまま
鼓動にも似たさざなみとほのかな潮の香りに包まれ
ぬるりとあたたかい水の重さと等しく釣りあうように
ひっそり息を殺して眠りつづけていたことがある

どれほど歩いてもいつも変わらない風景ではないか
ただ迷子になるばかりでどこへも行くことができない
それとも初めからすべてはここにあるのだろうか
気づけばいつからかありふれた光も音もなにもかも
大切なものから順に置き去りにしていたかもしれない

雲間から夕陽の最後のひとすじがまっすぐ降りてくる
果てしない青にあこがれながら空が色彩を消していく
祭の終わりを告げるように低い丘のうえで鐘が鳴る
懐かしい疵口を縫うようにやわらかな風が吹いてきて
どこからかほんの少しだけ海の匂いがしている

Love Song

掌のなかで小さなためいきが揺れやまない夕暮れは
ずっと彼方のところから雨の匂いがするように思う
こんな日は去っていくレインコートの背中の赤がよみがえる
いつまでも果たされることのない遥かな約束のように
憎しみもまた激しい愛のかたちなのかもしれない

差しだす掌を受けとめたぬくもりが影にさらわれる
自分自身のことばの意味にいまさらながら驚いた顔で
交差点の向こう岸でさようならが立ち尽くしている
ひとつのいのちには必ず死が組み込まれているように
立ち枯れていく愛の姿をとどめるすべはない

聞かせてよ愛の唄をどうか聞かせてよもっともっと
やがて訪れる土砂降りの雨音にも掻き消されないほど
高らかに響きわたる凜々とした愛の唄を聞かせてよ
三十億の鼓動のリズムをひとつひとつ脈打ちながら
ＤＮＡに書き込まれた尽きない繰り返しを刻みながら

失くしたことにすら気づかれないほどひそやかに
公園のベンチに置き忘れられた一冊のノートがある
ページからこぼれ落ちる文字を拾い集めようとしても
風花のようにはらはらと舞うばかりでほのかに溶け
誰かの記憶も時間や距離を超えたひとつの遠さになる

ふいに一陣の風が立ちなすすべもなく私は裏返される
剝がれた細胞がひとひら束の間のきらめきに揺れると
たちまち翻りながら雲間に吸い込まれていく
こうしてわずかずついのちを削るようにしてやがて
名づけられない大きな問いに成り代わろうとしている

August 9th, 4040 at 5:30 PM

遠くの海に雷鳴が響く午後は熱いダージリンを飲もう
ほどなくこのあたりにも黒い波が押し寄せてくる
そういえばそろそろ二千年くらいになるだろうか
誰もいなくなってしまってからは季節すらも移らず
うすあかるいみぞれだけが音もなく降りつづいている

窓ガラスから見降ろした湖ではたくさんの水鳥が
翔びたとうとしたかたちのまま凍った翼で眠っている
水底にはきっと数えきれないほどの卵が埋もれていて
知らない星で孵化する夢をみているのかもしれないが
永遠に訪れることのないいのちは死ぬことすらできない

エスファハーン　デルフォイ　トンブクトゥ
かすかな記憶に残った美しい都市の名前がよみがえる
トーキョー　もしかしたらそんな街もあっただろうか
いずれにしても世界にはもはやいかなる地名もなく
あるのはここにどこかのたったふたつにすぎない

目覚めたときからひとり厚いガラス張りの温室にいて
葉擦れの音や風のうなりも知識としてしか知らない
木洩れ陽のあたたかさとは摂氏何度のことなのかしら
ただ繰り返される数値と記号のパラメータだけが
ひとつとして扉のない無機質な世界を創っている

ことばがなければたぶんなにも考えることはできない
それにしても意味のわからないものばかりが多すぎる
誰かのことをあなたと呼ぶことができないのならば
どんなふうに声を出すかとうに忘れてしまったけれど
果てしない青などということばをそっとつぶやいてみる

果実

真っ赤に実ったかなしみが枝先で折からの風に吹かれ
ベンチではうずくまった陽だまりが夢をみている
耳鳴りに似た歓声を詰めこんだテニスボールがひとつ
からんと広がったコートに置き去りにされている
誰もいない公園の午後は時の流れもゆるやかに弧を描く

遠浅の海の満ち干からふいに現れでもしたかのように
気づけばいつからか私は私のかたちでここにいて
どこから来てどこへ行けばいいのかもわからない
ＤＮＡに刻まれた遥かな記憶が疼くようにも思うが
うっすらと汗ばんだ掌の潮の香りだったかもしれない

たしかなことはいまここで胸の鼓動が響くということ
指先にできた切り傷が冷たい水に染みるということ
ラベンダーの紫が黙って迷いに揺れているということ
失くしたことすら忘れてしまったあとに残された
名づけようもないかなしみがただ在るということ

それともただ在るということがかなしいのだろうか
深い闇があればこそあかるい陽ざしに焦がれるように
在ることのなかにはきっとやすらかな喪失が溶けている
どこからもどこへもなくすべてはただいまここにあり
いのちの激しい明滅を繰り返しているにちがいない

古風でありふれた物語が聞きたくてたまらないのは
おそらく懐かしいあなたの声を思い出したからだろう
けれど記憶は曖昧でほんとうにあなたの声なのかしら
いつからかすべてのものがゆっくりと遠ざかっていき
わけもなく涙があふれるほど空の青が眩しい

ひとり

抱えきれないほどの花束に顔をうずめるようにして
なだらかな坂道をあなたがゆっくりと降りてくる
鮮やかな色彩とむせるほど芳しい香りに包まれながら
ゆらゆらとやすらかな光のなかを歩いてくる
揺れているあなたのスカートのフレアが眩しい

そんな夢から覚めた遅い朝は雨の匂いから始まる
窓から見える坂道には落ち葉ばかりで誰もいない
すこしばかり湿った風がやわらかく吹いてくる
おはようと口のかたちだけで言ってはみたものの
答えてくれるものもなくただ遠くで踏切の鐘が鳴る

あるいは猫の隣に腰かけてベンチでうたた寝をすると
どこからかふいにあなたがやってくるような気がする
あわてて目を覚ましてもあなたの残り香だけが漂い
はでやかに色づいた枯葉に覆いつくされた公園には
踏みしだかれることを凜と拒むかのように誰もいない

おそらく果てしない宇宙の泡は幾重にも折りたたまれ
おびただしいいのちがめまぐるしく明滅しながら
いまここにあるひとつの遠さに重なりあっている
けれどもけっして互いに行き来することは叶わず
限りない可能性として数えられるばかりなのだろう

どこかの泡のなかの銀河の片隅にある小さな惑星で
スカートを風に揺らし華やかな香りを振りまきながら
あなたは庭の花たちに水をやっているにちがいない
時間も距離も闇を裂く光さえも超えていくスピードで
こぼれるほどの夜空の星と今日もあなたの夢をみよう

あとがき

「ブルー」と題したメモがある。

書きたいことなんて、ほんとうはなにもない。書きたいものも、あるわけじゃない。しいて言えば、生きる、だろうか。愛でも、いのちでも、食べものでも、海、橋、涙、銀河でもいい。いっそ、すべて、とすればいい。ただ、いつもそこにはことばがあった。言の葉を揺らす優しい風に耳を傾け、光とじゃれあうことばのきらめきを見つめていたい。望むのは、それだけである。絵画が色彩にあこがれ、音楽が音と、写真が光と遊ぶように、いつもことばと戯れたい。世界はきっと、すべてことばでできている。

ウルトラマリン、マリンブルー。真夏の海を切り抜いた蝶を追って、波打際をどこまでも駆けつづけたことがある。ブルー、ブルー、ブルー。空も、海も、蝶も、なにもかもが青だった。世界が、果てしない青に染まった。ブルー、ただその一言が熱い風に乗り、こころのなかを吹きわたる。ああ、これこそが青なのだと、指先までも染められながら、そのときことばになれた気がした。

ブルー、ブルー、ブルー、果てしない青。ことばを抱きしめようとするとき、いつもあのときの蝶が舞う。

青い空、青い海、青い蝶、なのではない。ただ、青なのだ。もっとも、小学校にあがるよりもずっとまえ、ずいぶん幼い記憶であるため、どこまでがほんとうのところなのか自信はない。けれども、たしかに、青なのだ。それは、たんなる空の色でも海の色でもなく、まさにすべてが青であり、世界とは青のことだった。

空の青を浴びていると、いつしか詩がたちあらわれてくる。ひそやかにそよぐ風のにおいのように、頰にこぼれる木洩れ陽のぬくもりのように。あるときは見えない文字として、またあるときは聞こえない声として。そうした文字を見つめ、声に耳を傾け、ひとつひとつことばを書きとめていく。そうして、記されたことばを胸にしっかりと抱き、ことばのあたたかな重みとともにもう一度ふりあおいでみると、そこには、新しい世界がひろがっている。

詩集の上梓にあたり、土曜美術社出版販売の高木祐子さん、校正の宮野一世さん、装幀の高島鯉水子さんには、たいそうお世話になった。謹んでお礼を申し上げる。

二〇二三年十二月

青山勇樹

著者略歴

青山勇樹（あおやま・ゆうき）

名古屋市在住

詩集『リエゾン LIAISON』（1992年）

詩集 果《は》てしない青《あお》のために

発行 二〇二三年十二月二十四日

著者 青山勇樹

装幀 高島鯉水子

発行者 高木祐子

発行所 土曜美術社出版販売

〒162-0813 東京都新宿区東五軒町三―一〇

電話 〇三―五二二九―〇七三〇

FAX 〇三―五二二九―〇七三二

振替 〇〇一六〇―九―七五六九〇九

印刷・製本 モリモト印刷

ISBN978-4-8120-2797-4 C0092